anum costa

coleção Pajubá

HECATOMBE
2023

CAM-
BOA
[POESIA E OUTROS MISTÉRIOS]

HECATOMBE

rua do caju, 478
jardim das cerejeiras
cotia — sp
06724-015

[55] 19 9 82411532

sumário

Matar um nome: poesia e pensamento queer

> *Foram elas que me ensinaram a sobreviver.*
>
> **CAMILA SOSA VILLADA**

Quando recebi o convite para escrever este prefácio para o livro de Anum Costa, confesso que senti um pouco de receio como há algum tempo não sentia. Esse receio foi crescendo à medida que eu lia os poemas de *Camboa poesia e outros mistérios*, e isso pela simples razão de que todo leitor atento sente esse alarme diante daquilo que é grandioso. Mas esse receio, quando estamos diante de algo tão novo e que inaugura uma nova linha de força, que abre caminhos e efetua o gesto de criar espaços de sobrevida e armadilhas contra o sistema binário de pensamento, cede rapidamente lugar para a alegria das boas descobertas.

É com essa alegria de um leitor que foi capturado pela poesia e pelo mistério de uma nova voz queer na cena literária brasileira contemporânea que escrevo estas primeiras linhas de apresentação. Não pretendo apresentar propriamente o livro, uma vez que ele é maior e mais potente do que qualquer apresentação que eu pudesse fazer, mas, antes, faço aqui um esforço de expor a forma como entro nesta camboa, como sou capturado e atravessado por alguns versos, por certas imagens, pela potência de algumas passagens, pelo mistério e pelo caráter inaudito de outros momentos deste livro que já nasce para matar um nome e anunciar outro mais potente, mais belo e mais justo com quem o carrega. Esse nome inaugura algo bem distinto e possui a potência para atravessar muitos tempos e espaços.

Deleuze e Guattari escreveram certa vez que há muitos modos de entrar na obra de Kafka, e eu diria o mesmo sobre *Camboa*: há muitas formas de entrar neste livro. Eu entrei assim como fui barrado pelo título, que sugere um movimento de água que forma uma pequena cova e que pode conter pequenos peixes. Água, que é um elemento tão importante como algo fluido que atravessa todo o livro de Anum. Dividido em quatro partes: "o desvio", "a subversão", "o mar" e "o mistério", os elementos fluidos vão se suplementando, mas talvez seja exatamente na parte em que encontramos o mar que algo maior acontece neste livro-água. Algo se arrebenta com a maior força, fazendo os desvios e erigindo as subversões que só a linguagem poética tem a capacidade de efetuar e que muitas vezes são operadas pela metáfora do mar em seus movimentos de sístole e diástole.

Penso ser muito interessante a epígrafe do livro, que fala de uma garota-pássaro, porque essa garota aparece como um desejo ainda prenhe de futuro, posto que o que encontramos no livro é uma voz que se entrega à terra e ao mar, uma voz poética que efetua um grande elogio à imanência, ao terreno e a suas transições. Talvez a primeira figura poética que vemos no livro de Anum e que aponta para essa perspectiva seja a da criança, uma criança que é em alguma medida também aquele ser mais preparado para a poesia, já que, como a autora mesma diz: "porque para as crianças não precisamos repetir o óbvio". Essa criança que sabe do óbvio e do obtuso também será na poesia de Anum o ser que é mortificado por ser estranho/queer/cuír. Como nos versos:

> não se mata uma criança transviada/eles tentam mas sabemos os esconderijos impronunciáveis/eles sempre perdem essa guerra híbrida/perdi cabelos mas não me perdi de mim/eu de mim mesma eles jamais tirarão/ dor de viado/dor desviada

A voz poética que fala dessa criança-viada/ transviada sabe que poucas pessoas estão interessadas em defendê-la, fazendo eco com a crônica tão lida entre nós de Paul Preciado. Mas, se há poucas pessoas para defender essa criança, por outro lado há uma potência nesse corpo estranho que conhece e desenha esconderijos impronunciáveis. Escrever para essa voz é cavar até que alguém que poderia matá-la não possa mais entender as rotas que levam ao esconderijo. Toda criança queer constrói suas rotas e seus esconderijos. Anum as refaz como poeta.

Além dessa figura, gosto, de modo intenso, de certo tratamento deflacionário da linguagem que aparece algumas vezes no livro. Roland Barthes falou dessa deflação da linguagem ao analisar os desenhos de um artista em *O óbvio e o obtuso*. Anum Costa parece escrever poesias como quem desenha, faz esboços e, como é dito num poema, não pretende ser "boa" ou "suficiente". Ao invés de passar a linguagem de alguns poemas por um processo de decantação e limpeza, a escritora opta por esse movimento do esboço, pela escolha da deflação da linguagem bem como pela intertextualidade com elementos da cultura de massa. "minha primeira boneca era de espiga de milho/milho roxo/com ela dancei dias a fio o festival de paritins o carnaval de olinda/encenei novelas inteiras com ela/maria do bairro marimar a usurpadora/e com ela me senti imagem e semelhança/do que banalmente chamam/deusa". Esse gesto também me traz à mente aquilo que Jack Halberstam observou sobre algumas artistas queer, como Monica Majoli, que trabalham com processos de criação que obliteram a perspectiva de definição muito clara e precisa, já que querem antes a possibilidade do fracasso, inclusive da linguagem.

Aquilo que "dói/mas passa como um/rio", as imagens de um interior queer, acabam por chegar ao mar, ao litoral, e é no litoral que a transformação maior, essa rebelião de uma ética bixa, para falar com Paco Vidarte, ganha contornos mais potentes em *Camboa*.

> amar/o que no mar se oculta/amar/até mesmo o mistério/o profundo indescoberto do mar/banhar-se em gozo esplêndido/o corpo embebido/nas embriagadas espumas/do mar/e amar/como quem mergulha/afoita e nua/no imenso e profundo/daquilo que é inatingível/indescobrível/daquilo que é mar/que é/também/e por que não/amar

> desaguei em mim a cada ocasião na qual ouvi/vira homem/toma jeito de homem/tu é homem/só pude entender uma única coisa/eu jamais seria ou serei homem/assim tornei-me um rio/nascente/leito/foz/só aí e então/desaguei em mim/e me tornei tudo/eu universo/eu bixa aquática terrena cósmica

O que lemos nesse poema, um dos meu preferidos de *Camboa*, é a possibilidade de afirmação do desejo. A voz que vibra nesse poema alcança e se transmuta em outras, ela pode ser outras à medida que afirma não o que é, mas o que deseja: poder ser rio, leito, foz e desaguar em si mesma, tornando-se potência bixa.

Por fim, gostaria de ainda falar sobre um último aspecto importante na minha leitura dos poemas de Anum. Trata-se do caráter metalinguístico de alguns textos que mostram a preocupação da poeta em pensar o próprio gesto de escrever. Talvez isso se deva, em alguma medida, ao fato de a autora ser uma leitora atenta de outras poetas como Hilda Hilst e Orides Fontela. Anum conversa com certa tradição poética e ao mesmo tempo escreve como uma voz poética que inaugura outras rotas, novos desenhos e afirma com seus mistérios o canto de uma nova sereia queer.

> escrevemos/e quando escrevemos é como encontro/um encontro de asteroides transviados em rota de/colisão com este mundo

Camboa é um livro de muitas vozes, de vozes dissidentes que retornam, um livro escrito no plural por essas vozes e cantado por uma sereia que nos encanta e nos obriga a dizer sim ao nosso desejo, como essa sereia aprendeu a dizer. Que os leitores também entrem neste livro e encontrem seus desejos. Isto é o que essa poesia ensina: sobreviver e desejar.

Luiz Lopes
POSLING/CEFET—MG

***para conceição**, minha mãe, pela magia de suas artes e pelo feminino desconforme*

para getúlio, *meu pai, por me convidar a levar seu uru nas pescarias e por ilustrar desde cedo o fracasso de ter que ser homem*

***à natureza**, maior e melhor que qualquer deus inventado*

***às crianças**, todas elas*

i am a bird girl
i am a bird girl now
i've got my heart here in my hands now
i've been searching for my wings some time

i'm gonna be born into soon the sky
cause i'm a bird girl and the bird girls go to heaven
i'm a bird girl and the bird girls can fly
bird girls can fly

~

eu sou uma garota-pássaro
agora sou uma garota-pássaro
aqui em minhas mãos enfim carrego meu coração
há algum tempo tenho buscado minhas asas

em breve no firmamento nascerei ou o próprio céu
eu serei
porque eu sou uma garota-pássaro
e as garotas-pássaro para o céu irão
eu sou uma garota-pássaro
e as garotas-pássaro podem voar
garotas-pássaro podem voar

"bird ghelr" ou "garota-pássaro", de anohni
[livre tradução da autora]

I. O DESVIO

à memória de vó quelé, eterna artesã da vida
e dona das primeiras mãos que tocaram meu
corpo ao nascer
a magia do teu rapé se encontra em mim

*

não tenho a pretensão de ser boa
ou suficiente

*

porque para as crianças não precisamos repetir o óbvio

*

daí de fora tu me escutas ou sentes que eu choro
daqui do útero me acalmo pois daqui te escuto cantar
o canto de mãe que é pai e mãe
um timbre berbere que pulando um talvez
atravessou gerações

*

desobedecer sexo e gênero como um dia deso-
bedeci minha mãe
quando me proibiu de tomar banho no mar

afundei na marinha em funil
quase me afogo
por interseção da sereia encantada
que me levou na força das ondas às rochas-cul-
minâncias da praia da malhada
beirada rochosa da pedra furada
sobrevivi
percebi num agora passado que
o risco da desobediência não é um abraço da
morte
o risco é apenas rir na sua cara que de tão súbita
não treme

*

em nado torto
fui atravessada no limiar do discurso
esta faca caixa adorno
porque não há lugar que me abrigue ilesa
nem o senso mais comum ou rebuscado do ser

porque viver não tem retorno
tem é camadas cruas

ainda assim
ser e negar-se às normas
é um dos tantos desejos de toda criança
como em qualquer vida abjeta

*

acreditava eu
naquela planta
cada folhinha era um ser
independente pulsante vivo

achava eu
quando dos galhos
uma folha desprendia-se
choravam todas as outras

*

o que pode a poesia
o que pode a arte
o que pode um corpo

senão imaginar

*

eu me recusava a ir pro roçado
ou a sair pra pescar
pra hoje cultivar e pescar poemas
que às vezes me escapam
como eventualmente ocorre com quase
todas as coisas belas

*

não era homem o que eu era
mas mesmo assim cresci sob o crivo de ter que
sê-lo
e não era mulher o que eu era
e nem podia sonhar em sê-la nem um tiquinho

não é lindo eu desejar ter os mesmos peitinhos
usar o sutiã das irmãs mais velhas

eu era de uma beleza interditada
e chorava e chorava
e me doíam menos os puxarrancos de orelha
que a mãe dava
tadinha
quando me flagrava de batom

ser criança dói bem menos ou a dor passa e não
vemos
parece coisa de costume

mas a lagoa arromba
o riacho enche escorre pro manguezal
água salobra vira camboa
deságua feito a vida no oceânico mar que é
estar
livre

e apesar da lama que tudo cobre e embaça
descobrir-se rio é uma dor deliciosa

*

não era carinho
nem cheiro ou afago
lenta tortura
terrores ocultos
invasivo destrato

toda face da lua
alumiada em prata
esconde uma outra
em trevas
feito fria faca

no amor desmedido
reside o artifício da sibilante dor

é o adulto homicida
ponte ferina da criança interior

*

me sinto uma filha natimorta
carrego muitas mulheres em meu dna

e fora dele

mas nem assim pude ser a filha que sou
por entre as pernas levar interdições

porque em algum bingo cromossômico
me faltou uma perna de um dos x que virou y
e nisso me recuso veementemente a crer que
tão minúsculas alegações
da ciência me digam menos filha do que a filha
que sempre fui

filha da discórdia
discordo

*

pai
quanta alegria quanto amor teria havido
teríamos se minha gestação também tivesse
sido tua tal qual cavalo-marinho
se e somente se uma responsabilidade pela
vida fosse compartilhada
mas o se já denuncia o fato

não foi

*

hoje te perdi pro passado
e nenhum tempo
contudo
é perdido

ser é o tempo inteiro impossível
ser para que e o quê

amanhã é uma tentativa
e embora nem exista
imagino a manhã
é esse o dom comum a todes
e às poetas

*

mas e eu

eu escrevo para quem

*

cinco anos de idade e eu me perguntava

como algo tão bom
sem pretensão de ser menos que certo
poderia ser errado

era um batom vermelho
cor de sangue lindo mas sara fora assassinada
por dois machos
atraída para uma emboscada fatal como toda
armadilha que precede a morte

flagrada pela mãe lavei a cara à força
e finada sara pareceu morrer de novo

*

combustão por exposição de gordura corporal ao sol extremo uma lista detalhada de brutalidades contra uma corpa que não caberiam neste manuscrito

diziam por todos os cantos menos na parabólica que acabou fechando muitas de nossas vogais por interferência dos sotaques do rio e de sp

teve até vhs nas escolas de ensino fundamental mostrando o corpo na mata como o exemplo do que ocorre com quem desvia da ficção hegemônica

ali implodi numa coisa feia inexpressiva sem nome nem significantes

cada boato era uma sentença

a sina delas

delas que na casa dos seis pra sete roubam os absorventes das irmãs mais velhas pra brincar que tão de bode também delas que ausentes mãe e pai quando há pai

enfeitam-se com os lençóis num vestidão de gala finérrimo amarrado atrás do pescoço à espera de um dia que talvez nunca chegue serem a rainha estudantil da escola

delas que oram ao deus pra dormirem numa triste noite e acordarem no corpo certo no dia seguinte dada a alma trocada dada a ignorância dada a compreensão nunca dada

delas que cedo ficam cruas amargas doídas saturninas ferinas fugitivas desconfiadas bandoleiras mirradas fingidas ou disfarçadas entre algozes

a sina delas que vem das bocas que cospem

viado também morre

travesti morre

sapatão saboeira morre

todo tipo de mulher morre

macho-e-feme morre

não se pode querer coisas de meninas nem de meninos uma vez que não há coisas de menines embora menines existam existem sim

chorar infelizmente não é prova da violência
então fingimos felicidade

depois fingimos orgasmos

chorando sempre escondidas

*

não se mata uma criança transviada

eles tentam mas sabemos os esconderijos impronunciáveis
eles sempre perdem essa guerra híbrida
perdi cabelos mas não me perdi de mim
eu de mim mesma eles jamais tirarão

dor de viado
dor desviada

nos sabemos encruzilhada
conhecemos a contramão

*

esqueci do poema

esqueci de mim

*

queria pôr uma saia
uma saia de cinismo
sairia por aí
bem cínica
que nem tu é
que nem precisamos ser

*

ali naquela vila reedificada em memórias
me engasguei com uma coisa
que não sei dar nome

anônima
no entreverbo
oculta em todo hiato
qualquer fonema
pausa-ínterim do som

escarro para transmutá-la e toda transmutação
é bem-vinda
na mudança voluntária nasce a deusa sem culto

nos movemos dançamos
coreografades pelo desejo
pelos não ditos
e estivemos e estamos e estaremos
e dançamos nas frestas de toda dicotomia
para que eu me caiba neste corpo
o que posso transfigurar em mim

*

lá chamavam-me sabidão quando a palavra exata era sabichona

foi na sexta série num ano perdido pro tempo

eu era apaixonada pelo meu melhor amigo e dei a ele de presente um desenho que eu havia feito da sailor moon

ele jogou o desenho fora achei-o no chão da sala e ele me disse que tinha sido o vento mas eu vi o gesto que mata já que vento é a vida invisível

por ser leonino e não aguentar ser exposto por seu descaso à tal lealdade inerente ao signo discutimos e ele rasgou o desenho jogando os pedaços nas minhas mãos

mas eu não chorei não por fora eu não podia chorar ainda

depois disso meu apelido passou a ser sabidão pois agora sem amigos só tinha os livros pra recorrer e os meus desenhos pra criar laços nas aulas sentava-me na frente com as meninas únicas pessoas em quem eu ainda confiava pelo laço-alvo que nos une mas não eu não era sabidão eu era sabichona

hoje sou apenas bichona

sabida não sou burra mesmo como a gentil equina que sequer revida as violências que sofre quando decide empacar na estrada burra como se me igualasse a qualquer animal outro pois também sou animalesca primitiva instinto feroz

o menino leão não destruiu apenas um desenho um gesto um afeto

destruiu uma amizade e por trás dela uma paixão oculta

hoje ainda me vejo escondendo as paixões por trás de uma torrente de palavras que só dizem de mim uma coisa

medo de rasgarem meu amor em pedaços e se desfazerem dele

isso diz de mim só de mim

eu finjo bem o desinteresse saboto o desejo disfarço fascínios freio o ímpeto fabulo um beijo que nunca será porque sempre deixo o declínio primeiro à outra pessoa

eu vivo e amo como uma criança de onze anos
cujos amores foram todos em segredo

e eram tantos amores concomitantes em choque com o deus

mas este deus está em transição

e em algum lugar a deusa já se mostra linda imperfeita eterna inacabada

que nem tudo vivo que transita sob/re a terra

*

havia um banco feito de carnaubeira

era um passado que é

um ainda

há um banco de carnaubeira

lembrança em carne viva lá e aqui

um banco quase indestrutível ao tempo erosão sal sol areia mar

um banco que existe e enquanto existe sustenta impreteríveis imagens

anseios que não se evaporam

mas como aniquilar um passado sem me destituir do que sou

sou agora o quê

riacho talvez

e quando penso no riacho bom da porra

famigerada piada interna intrafamiliar

penso no banco onde não sentei não beijei

não namorei um amor ou dois ou mais

não terminei nem chorei ou me iludi com alguém

memória não é o riacho é quem sabe a pedra que afunda

passam as águas as folhas os cocôs diluídos dos jumentos

mas lá estarão as pedras nos lembrando do implacável

da vida que não se pode jamais reescrever

*

em crescente vai a lua
aos poucos como quem deixa de lado a urgência
da vida para encher-se de si
brilhando em parca necessidade de glórias
certa de que um ápice virá
como o sol sempre se amanhece e reluz
em tudo
ajo e reajo a fim de resultar
em mim mesma

II. A SUBVERSÃO

à memória de sara, cujo destino me lembra
que não há nada mais corajoso e lindo que
uma travesti vivendo neste mundo
se tua morte me interrompeu, tua vida e as
das outras me fazem hoje ser esta

*

eu lembro
e ainda que eu esqueça
em algum lugar as histórias se escondem
e ainda que escondidas
sei que elas existem
e permanecem de algum jeito em mim

enquanto permaneço
permanecem também minhas histórias

e escrevo
escrevo para que a memória que me antecede
em vida não morra
em mim
aqui
agora

*

minha primeira boneca era de espiga de milho
milho roxo
com ela dancei dias a fio o festival de parintins
o carnaval de olinda
encenei novelas inteiras com ela
maria do bairro marimar a usurpadora
e com ela me senti imagem e semelhança
do que banalmente chamam
deusa

*

quando pequenine
desenhei mulheres
nado cistêmico
só desenhava bem figuras femininas
veja só
fui e imaginei muitas
a criança vai sendo crescendo
também destroçada
pra caber em impossíveis
no resto do corpo
do sonho
de ir
e deixar de ser tudo
para ser apenas
dois ou um
ou nada
é
antes de escrever eu desenhava poemas

*

ainda que eu revelasse
a ti meus segredos sórdidos
ainda que despisse meu íntimo
ante tua face e a ti
mostrasse minhas fantasias
e se te segredasse meus medos todos
os erros e os enganosos acertos
que depois se revelaram equívocos
e ainda que te confessasse que meu
pensamento não acompanha esta cultura
que desmatou meu corpo físico
meu imaginário
e ainda que em teu ouvido soprasse
meu tesão minhas aspirações sonhos expectativas
se eu gritasse para todes que nunca esqueci
quem me amou um dia sequer
nem quem me feriu
e te contasse como quem narra um conto
que gosto de estar nua na frente de outres sem
qualquer pretensão sexual

se eu disser que odeio a expressão
ter sido
porque soa sempre impossível
confirmando a insignificância humana frente à
natureza
se eu me definisse
explicasse dissecasse traduzisse descrevesse
ainda que eu tentasse ser
só sou em trânsito e
por isso mesmo jamais saberemos
eu e tu
quem sou eu

*

tenho sol em saturno
vivo às lágrimas entregue despida de glórias
arquétipo preterido vivendo dos passados
apegada aos não ditos aos pretéritos imperfeitos
eu-aquém
em equívocos infantes
a alma engasturada de viver sem respostas dele
do pai relapso
o tempo me aniquila o futuro e o futuro tá lá atrás
porque nunca vejo
nunca sei
nem existe
à minha frente só o passado
vivo e implacável
e ri de mim por não poder nunca mais tocá-lo

*

mas o truque é pegar na mão da ferida infante
e tentar perdões tentar alentos
tentar tentar e tentar até o fracasso ser glória
tentar até o inabalável de ser estar ou blefar
intentos

no truque por cima
de truque por cima
de truque por cima
de truque
a gente chega numa mentira tão convincente
quanto crer que um órgão do nosso corpo
pode determinar uma trajetória desgraçada
da maior parte de uma mesma espécie animal

mas nossa autoextinção está por vir
já é possível sentir as calotas polares
derretendo

nós que transitamos aqui
somos uma verdade e uma vida e essa

verdade
se vos libertará não interessa a nós
mas nos faz todo santo dia
livres da mentira contada no útero

um novo mundo desponta das sombras
somos não a luz mas a noite que se avizinha
viro uma carta de tarô eis
a lua
tenham muito cuidado

*

enlouquecer é então se vestir de tamanha lucidez e passar a não confiar nem em si mesma

hilda não diz nada

é isso então mulher me diz alguma coisa

ou seria estar tão lúcida ao ponto de ser considerada louca insana deslocada da realidade

hilda nada diz e diz tanto

teu espírito paira em cada letra dos teus livros na minha cabeceira como se me sussurrasses

a vida é uma grande aventura de tão lúcida

come o cu do menino-porco e trepa contigo mesma

dá-te algum prazer nesta vida insossa

nunca dê o que eles querem

e se der deboche como se o fracasso fosse a maior glória alcançável em vida

*

quando eu comia dicotomias
pensava em
como reconhecer a alegria
sem vivenciar a tristeza
como provar do amor
sabê-lo amor
sem nunca ter experimentado
o ódio implacável
ou
o agudo desprezo
a morte chega porque a vida existe ou é o
contrário
de que jeito seria o mundo sem a verdade binária
de cada dia

no dia a dia a angústia me comia
e eu orava

senhor
por que não me deste
a chance de recusá-las quando eu nascia

*

a paixão assusta mana
deixa a gente só o bagaço
dói vicia e é bom
como que pode isso
acendeu meu cigarro seguiu até a esquina
sem necessidade de dizer mais verdades
era noite de penar à luz da lua
que nem lobisomas ficamos eu e ela ao breu
eu no ponto de ônibus
ela no ponto da esquina
a rua da terceira capital mais violenta do brasil
teve um momento de paz para duas quimeras
desejosas por amanhecer vivas
nossa segurança era a troca de olhares até o
último segundo antes de meu ônibus chegar
ou um cliente parar o carro pra ela
chegaram ao mesmo tempo porque a vida é
ficção de verdade
se ela vive eu não sei
nem ela sabe se ainda respiro

mas desde aquele dia a mantenho viva na
memória
como mantenho vibrante a lembrança de toda
travesti que cruzou meus caminhos

*

não há palavra nestes tempos que não vire
produto capitalista

gay

é uma delas

*

me fizeste degrau quando me disseste elo

me fizeste chão quando me disseste companheira de estrada

meu valor não pode ser apenas o quão usada posso ser não é possível que seja isso viver se a vida é a trapaça em tempos de impossíveis

não deixarei que meu corpo para os outros seja eterna reificação

há quem me queira vulneravelmente viva sem barganhas essas poucas pessoas eu conheci e delas fugi por quê

é que me assombrei em ser gente quando sempre me disseram coisa

passei dos trinta mas amo como uma criança educada pela televisão no começo dos anos dois mil

comecei então a desconfiar das pessoas como uma criança que sofreu abusos psicológicos sexuais eu permaneço criança e já adulta torturo homens como uma passiva que foi obrigada a dar o cu incontáveis vezes sem vontade de transar até entender que foi reiteradamente estuprada mas gosto de cu pau buceta línguas dedos o corpo é uma grande zona erógena

eu me mato como quem já foi coagida a não usar camisinha em nome do amor

eu minto como todas as que já foram enganadas e que enganam para fugir de enganos

sobrevivo como as que já enganaram a morte tropeçam trapaceiam transpassam

eu sou uma morte em vida isto não é uma antítese isto é anúbis disse-me nina rizzi ao me batizar por toda a vida

acolherei cada caco cada despedaço meu

serei mosaico

*

me apaixonei por um menino
um menino
um menino e um menino
dois meninos três meninos
menino homem
um menino morto se apaixona por um menino
apaixonam-se
mortos
meninos mortos
meninas
meninas mortas
apaixonadas
meninos sem meninos
meninos no in no entre na tramela do corpo
meninos perispectros de meninas
meninos distópicos meninas utópicas
infâncias fábulas meninice adulta
quero ser o não também
me borrar inteira
errar

me sentir livre
para fracassar

*

podem nos silenciar
podem sim
mas o silêncio não existirá
aqui dentro confesso tudo
aqui dentro
eu grito
nas entranhas vociferamos
haveremos de nos munir com a represália
reparadora
e de talvez em talvez
um sim consola/dor nos aguarda

o combustível da nossa vida é esperar para
assistir à queda do algoz
ainda que antes compactuamos por medo
sendo algozes de nós mesmas
derrubaremos o nós que nos mata
enfim desatadas do macho
em fim recomeçadas

*

nem vi
e neste não ver
meu olhar continha tudo
tonta perplexidade
no porvir
no descobrível
nada havia ainda
e eu era tudo
tudo via
no escuro
no entre
na vinca
no intangível
sem olhos eu via
ver não é alegria
não ver não é desterro
é desver é devir tresvalia

*

mulher de bigode
nem o cão pode
dizia minha mãe que
sempre sonhou liberdades
porque a memória é de muitos mundos

minha barba cresce em dois dias
o cão não poderá comigo então

ainda que ele me possua e me atente nas más línguas
enquanto satanás dança na língua do crente
de mais uma verdade inventada
na minha giram as forças dos quatro elementos

na ponta da minha língua equilibra-se a chama-palavra-impulso que não cessa de me abrir portas janelas fissuras

laroyê moça bonita
expressão que cabe mundos
vivi para conhecê-la

*

um homem me diz
um homem que estudou até a quarta série me diz
um homem que é pescador me diz
um homem que consegue ver a lua às 15h para saber se a maré está cheia ou seca ou vazante me diz
um homem que ainda capina aos 67 anos me diz
um homem escorpiano me diz
um homem me diz que além de mexer com as marés e com nossos sentimentos a lua também mexe com nossas vontades sexuais
um homem me diz que se tivesse estudado a vida teria sido diferente
um homem que já criou cavalos cabras ovelhas vacas soins tatus preás cachorros caranguejos me diz que o animal mais teimoso e difícil de amansar é o ser humano quando cresce
um homem me diz citando jesus e pedro que o limite para o perdão é setenta vezes sete e não apenas sete vezes
esse homem que por acaso foi incumbido de ser

meu pai
me ensina

e me inspira a manter distância do fracasso de ter
que ser homem
me ensina o perdão

*

o grito que não vem da boca
diz

manter-se viva como uma vingança
em amor em fúria

eles gritam com as bocas e nós gritamos com
aquilo que mais os assombra

cu
buceta
pau

carnaval

*

em universo recomponho-me
em verso inverso
nada sou
vaste e expansive sigo
sob meus pés
uma estrada bifurcada serpenteando
em infinitudes
onde há luz e treva
e engulo-as
vomito-as
desejo a glória do descanso
não acho e há

eu universo

a l a r g a n d o — m e

em busca dos não ditos

*

de onde eu venho
mangar é sorrir
riso frouxo
e era lá
lembrando
lá no mangue
chupando manga-foice
catando sororô
lingudo e siri
que mangávamos
tanto tanto tanto
que ser alegre era
o tempo todo
uma iminência

*

poeta inconsciente
fui da tinta à palavra
o desenho outro
moldei a imaginação
firmei o verbo no tempo
no para-todo-o-sempre-amém
gozei na graça marginal
sabotei a perfeição
gozei pelo cu
descentrei o texto
nua de intentos
digo a cor
digo o ato
digo a curva
o céu ou o sol a pino
desenhar o mar em cada fonema
a tataravó de quem em nós ficou só o espanto
desenhar o susto
escrever o assombro
dizer o céu inteiro

recitar as brenhas do oceano das matas
respirar o impossível amorfo
temer apenas a própria coragem
nunca mais pisar no mesmo rastro
e ao macho jamais regressar

e quanto à represália
ah meu amor
se não me [cabe] eu entro pela]fresta[

*

talvez esteja no cu
a esperança
essa forasteira

e da esperança mesma
me reste o edy
o fiofó
o surucucu de fogo

e resida no cu a certeza única
de que todos temos no dedo

o poder do voto
o erro ou o acerto

o poder do gozo
ain
orgasmos ermos a esmo

*

se minha rima pobre te assusta
busca outro livro pra ler

mas antes
assuma de uma vez que desistiu da poesia
assuma que prefere olhar um edifício
a entrar numa casa de taipa ou de tijolo cru

e eu não quero barganhar com a gentrificação
da palavra
oras onde cabe um ânus cabe um cu monamu

*

um segundo passou
uma de mim deixou de existir

dezesseis minutos se passaram
ume de nós foi assassinade

para setenta nações ela é criminosa suja podre
demônia aberração doença perversa
e ela deve morrer em setenta nações
apedrejada
enforcada
queimada viva em praça pública
eletrocutada

com um pouco de clemência vai receber inje-
ção letal
será espancada na rua como manda a lei
talvez lobotomizada como manda a constituição
em todos os países ela será exorcizada

matá-la é um direito garantido na lei do homem
do deus
em nenhum desses setenta países ela mora
brasileira brazilian latina
e ela morrerá mesmo assim e de todas as maneiras
a todo segundo ela morre um tanto
a ela só restou o inferno para orar em paz

amém dizem eles
amem dizem eles
mentem

*

onírica me deito
sob o manto cru e rutilante da vida

rogo pragas boas vou além
amazona deusa~demônia
intercedo por mim
enfim
como quem cresceu sem reflexos
e mira a si num espelho pela primeira vez
amar-se infeliz é um tipo de alegria

*

sou sim
se deduzes que sou
então me deixas ser
e em paz
eu sou e contenho
manadas
multidões
alcateias
hordas inteiras
de mins

desinteirada me sou
em coragens desmedidas
em agonias perversas
em tesão estratosférico

sou
e bem mais que
o espanto ignorante e nada sou
inclusive

a própria morte sou
em vestido escarlate
mascarada e cínica
como aquilo que se oculta
intimamente
dentro do violentado
dentro da rejeitada
no profundo inalcançável
em toda e qualquer ideia
que a lágrima evoca

*

eu me embalo eu me balanço num jazz de ninar

eu minha própria cria

aqui jaz uma ficção que já não corporifico como eles querem

cada olhar constrangido cada reprovação sustentada nas pupilas fixas quase quebrando o pescoço pra me catar na estrada vira praga em minha boca rogada de volta que nem sortilégio venenoso enquanto o mais maduro murici adoça minha língua

amaldiçoados sejam os santos ímpios da justiça desse deus morto que caga pra essa ladainha inútil do arrebatamento que nunca chegará senão através do esterco das minhocas

que eu seja medusodoma pra transformá-los em pedra do mais puro sal quando por mim passarem

agora e na hora de minha vida amem mais

*

destituir o poder do nome

aqui interrogativa eu não sou homem e aqui te mato em público pois um presente pode ser jogado fora um nome também tu me pertences e não eu a ti

te mato porque senão tu me aniquilarás como tem feito há anos

tu logo tu que és apenas um nome

foste um nome me dado enfiado goela cu adentro

por isso te mato és meu e faço de ti o que bem entender

e até te amei suportei convivi cada letra cada etimologia cada fonema traço linha enquanto isso me deformavas lenta friamente arrancando cada pena de minhas asas

cada brilhante escama de minha cauda drenava minha alma através das copiosas lágrimas todos os dias desde o útero antes mesmo do gozo parental

imagine chorar todos os dias por uma vida e não saber onde corre esse rio nilo cujo leito derramou-se pouco antes do collor de melo suicidar centenas de brasileiros

para que eu posso voar liberta eu mato um nome para que eu possa viver o resto de meus dias como um presente a mim mesma

*

aquele nome levava tantas cicatrizes
tantas histórias assombrações

aquele nome barganhou demais
indecidiu-se
nasceu condenado à morte

*

e fica a lua cheia completa em si mesma

cá permaneço alumiada no seu brilho prata reflexo de um sol que a banha do outro lado do mundo

me banham a lua e o sol como se fôssemos espelhos dos astros celestiais enquanto me pergunto se seria eu uma anja

mudanças podem esperar me diz ela

III. O MAR

à memória des que foram mas permanecem
na memória viva das linguagens

*

dói

mas passa

como um

rio

*

amar
o que no mar se oculta
amar
até mesmo o mistério
o profundo indescoberto do mar
banhar-se em gozo esplêndido
o corpo embebido
nas embriagadas espumas
do mar
e amar
como quem mergulha
afoita e nua
no imenso e profundo
daquilo que é intangível
indescobrível
daquilo que é mar
que é
também
e por que não
amar

*

desaguei em mim a cada ocasião na qual ouvi
vira homem
toma jeito de homem
tu é homem
só pude entender uma única coisa
eu jamais seria ou serei homem

assim tornei-me um rio
nascente
leito
foz
só aí e então
desaguei em mim
e me tornei tudo

eu universo
eu bixa aquática terrena cósmica

*

tinha um mar
e eu corri nas espumas
e eu dancei nas ondas
lenta abaitolada
corajosa como uma garça
inventando palavra com o corpo

foi assim
o sol se deitou no mar
alaranjando toda jeri
por um triz fui alegre
quase voltei pra casa

aruanã desgarrada que sou

*

a beleza toda dançar
mergulhar profundamente
engolir oceanos
cantar um choro contente
odoyá

nos passos da natureza
pisar curiosa porosa veloz
sem hesitação

saudar a rainha sereia
odociaba
ser também fruto do mar

*

deus não
não deu
eu adoro é gente
minhas gatas bichos bichas
quem tem no cu o que o priquito roa e quem não
tem mas faz do cu priquito

adoro a chuva a praia a ostra o sororô
que me lembram da primeira vez
em que botei a língua entre tuas pernas
e do gosto-sal que em minha boca ficou

o dia em que me assustei com meu desejo
quando vi arder em teu olho a fome
e em mim brotar o anseio de ter meu fogo
apagado pela água da tua maré cheia

adoro o que se oculta
mais que o próprio deus a si mesmo

prefiro adorar tua boca que endurece meu espanto
e quando não
me avisa que teu coração pode também ser um lar
que a vida começou de novo
e em ti
quem sabe posso e quero habitar

sim meu bem
deus também é sapatão

*

mas entendam que afastar um bom amor é
como
naufragar e beber
água do mar enquanto
uma forte
chuva
cai
do
céu

*

foda se me

*

te elogiar enquanto meu olhar alterna entre
teus olhos e tua boca
forma de dizer da vontade de te beijar carinhosa
não carinhosamente mas carinhosa
sem mentir
desprovida de pudores como requer todo desejo
desconfio que também todo amor

*

efêmero é o gozo
a eternidade é intacta
eterno é o amor
e efêmero
porque dura o curto prazo
da vida

existe um peixe que voa e
o impossível vira uma grande invenção

*

praia
ninguém poderá dizer
que não sou eu
constituída de ti
de ti sou cria matéria
como ostra caranguejo
siri sororô cavalo-marinho
praia
meu berçário útero
sal e vida
pronde um dia volto
aqui e por hora
sobre este concreto impermeável para quem sonha
só te sinto quando uma lágrima
que nem o braço da camboa em riste
percorre a face alcançando minha língua
e aí provo
sim
o sal
o choro des desajustades

*

eu amo como o céu deve amar
o átimo em que o sol se põe
e o crepúsculo pinta o horizonte

tu beija que nem a chuva ao tocar a terra
encharcando-a em vida fértil

eu desejo como o pescador deseja tarrafa cheia de peixes
ao embarcar na canoa seguindo para o desconhecido alto-mar

tu encanta como o canto de uma sereia
e eu me afogo na paixão mais ardente e perene possível

mas aí tu me ensina a nadar nas violentas águas do afeto desmedido
talvez porque o amor nos quer sempre em vida em liberdade

que nem os passarinhos criados soltos dentro
de casa
vão e voltam porque desconhecem cativeiros
e gaiolas
voltam porque também podem ir
ficam pelo simples alimento do genuíno
carinho

*

chega que nem brisa sazonal
tu chega aos meus pensamentos
e me toma a alegria
em uma estranha
inteireza

e me possui o desejo
pleno
anônimo
cru
feito tudo o que vive
e está

*

me fiz um carinho
prontamente
lembrei de ti

e reside em mim
uma das tantas músicas
que o curto tempo de meu amor que persiste
não permitiu te apresentar

a memória tenho chamado de amor ou afeto

*

e por acaso cabe o céu no paraíso
seria amar céu infernal
vivificam-se as loucuras
e na borda da razão
nesse limiar entre insanidades
gozo e estrebucho feito bicho
abatida bicha que sou

todo meu amor agoniza
berra em cada boca
vomita em toda alegria
tateando aprendo
a dor o medo o golpe o gozo
a ânsia e a ira

precisos como a flecha
rasgam-me o peito quebram-me os ossos me
querem nua em pelo
me comem de quatro sem um eu te amo
me lambem as entranhas me conhecem como

a morte
e me chamam por todos os nomes
não atendo

viver ceifou o desejo de permanências
e mudar é gênese e sou eu
a deusa~demônia~criatura
verbo e escombros
tiamat água do mar
serpente insurreição
e sou tudo o que transita
sob/re a terra
afinal o céu em um inferno cabe
feliz ou infelizmente
amo
nas fronteiras minhas
e alheias
eu
que prefiro o intangível
amo na borda
limiar mistério
tantes
não sei limites
me faço desmedida

*

chupo o pau dela
a buceta dele
o cu delu
e me sirvo inteire
saciando a fome de quem ama

me faço cama casa morada
no meu cu te celebro
dentro dele te abrigo
dele mesmo te liberto
pra não haver motivo cativo

sou dela dele delu
se assim cada qual deseje
mas também há meu desejo
todes querendo ao mesmo tempo
é paixão ciranda ardor

é que tenho muita fome
de quem ama goza e mama

de quem chupa senta e come
e minha cuceta grita amor

*

fecho os olhos
e tu chega às escuras
a saudade me penetra
a mão
o dedo
a saliva
a boca
o dedo
um ain o sopro
sacio a sede solitude
me bebendo
ausentes tu e tua seiva
teu sumo
e tu por trás
sob minhas pálpebras

o silvo e o espasmo
o brilho do olho que paira
imaginário

arrasta a noite seu manto
ébria gélida calada
e me cobre o breu
de uma triste noite de sono
levando tua insólita presença
deixando tua nua ausência [que bruna sonast
chama de amor e é]

*

é neste inferno que me execro
o meu nome
da tua boca
execrado
no peito
no firmamento
na eternidade
no instante
no ardor
do desejo

*

enquanto eu concluía
a obra completa de orides fontela
meu marido disse-me
num sorriso cínico
seu dom maior
poesia é uma bobagem um gênero morto

recordo do sorriso que dei
o amor anulando o espanto
discordei
lá estava a poesia

fim
de papo
de casamento

todo poema é uma justa vingança digo eu
toda palavra é crueldade disse ela

*

do resto já não sei
e ando desaprendendo a viver
porque só agora entendi a vida
um movimento
um acorde
um risco
nada do que nos falam é ela

em verdade
reaprendo o princípio de tudo
incerta como a chuva
incerta como meu corpo
meu eu nascente
mergulho desatada
numa palavra execrada

*

é mona
ter-se é dádiva
abandonar-se é lei
suportar-se é duro
tal qual diamante

viver é o que nos resta
e pesa
que nem o oceano sobre a
                    terra

*

certa noite sonhei que cortava quatro dos cinco dedos do meu pé esquerdo

uma cena tão nítida quanto vívida como quando chorei assistindo la veneno e esqueci por um átimo que se tratava de ficção confundindo-se à própria vida porque sou eu também na tela só que distante

agora sonho arrancando do meu peito o coração com o mesmo instrumento a mesma faquinha de descascar verduras

se no primeiro sonho a automutilação dizia de meu autocerceamento neste sou impelida a crer que talvez eu tema o amor

não amar mais uma vez porque o amor mesmo não está para cronômetros

imagino então se o amor poderia contaminar a corrente sanguínea percorrer veias devastando glóbulos até se alastrar artérias adentro e chegar por fim esplendoroso como sempre é

a envenenar o coração

desejo que seja o medo a metáfora arquetípica
pois para o medo sei antídotos

já para uma contaminação generalizada de amor

desconheço curas

*

aqui jaz a memória~tu que se recusa ao anonimato se nega ao esquecimento

aqui jaz a dedicatória do meu livro não publicado o qual nem sei se lerás mas que nele há um pedaço teu e de outres

aqui jaz o perfume de alfazema que me protege de alguma coisa de lá e daqui

aqui jaz esse nada que ficou depois que desmoronou a última projeção que fiz de teu amor

aqui jaz o açúcar do teu lábio inferior sobre o meu lábio superior

aqui jaz minha contradição como atestado de que estou viva

aqui jaz a lágrima do medo~decisão

aqui jaz nossa foto primeira

aqui jaz um gesto manso de quem prossegue

aqui jaz a fuga

aqui jaz o recomeço de qualquer coisa que chamam carinho

aqui jaz tua ausência

aqui jaz nossas músicas cada uma num idioma distinto provando que não há fronteiras pro desejo nem pras línguas

aqui jaz o gosto~cheiro entre tuas pernas

aqui jaz um pedaço de tua vida que era o pedaço da minha que é o pedaço que corresponde ao que é nosso ou era

aqui jaz o passado à espera de um futuro que sempre desaba no presente

aqui jaz a saudade que é só minha e de ninguém mais e a ela devo isto que chamarei de poema daqui a algumas horas

temo no entanto que nossos abismos se cruzem novamente

e por forças que ainda desconheço

volte meu corpo a se estreitar no teu desejo

temo por um segundo

cavar a cova rasa do afeto e

num susto

me apaixonar por ti uma outra primeira vez

*

junto à lua minguante vou eu me recolhendo

lendo a mim mesma numa estranha introspecção

fico assim calada amuada em meus cantos decifrando

os códigos aquosos que me constituem em sentidos

me apequeno tal qual poeira flutuando no

imenso inesgotável universo

IV. O MISTÉRIO

à memória de madrinha nira, porque o amor é um mistério e ainda quero te rever, lili, e viver os possíveis que este mundo horrível nos roubou

*

na próxima vida virei como uma tigresa com as
mesmas íris âmbar
pra quando você me vir uma única vez
eu já ter te visto e mapeado minha presa qua-
renta vezes

*

nosso alicerce é o desconhecido

e o karma se inscreve no ácido
desoxirribonucleico
o que me parece uma ridícula mentirinha
cheia de sentidos

o núcleo de um átomo não me diz nada sobre
mim mesma

não negar a ciência bem como não negar suas
respostas inconclusivas
sobre a vida a morte o universo

*

no princípio era o verbo
era o verbo cuír e era também água
doce e salgada em uníssono

salva fui pelo que agora sei
da boca dos mortais mundos são construídos
castelos derrubados universos reerguidos
deuses criados e destruídos

me fiz então serpente e o paraíso reneguei
rebento divino a arrastar a cauda mundo afora
água salobra nadei
arrastando caldas mundo afora
saliva de besta-fera

comi javé lúcifer jesus fagocitei
boyzinho pisciano assexual dissidente
amante das degeneradas estudantes de hu-
manas maconheiras soropositivas aleijadas
quem ama ele
quem

jesus estrangeiro preso político
filho de maria que engravidou do espírito
filho adotado por josé corno de arcanjo
aquele que beijou a boca dos discípulos de-
fendeu a prostituta que precederá o
homem de bem no reino dos céus

engulo minha própria cauda
feito ouroboros começo e findo em mim
mesma
como o rio que encontra o mar
oxum abraçando yemanjá

*

a natureza não é natural

a natureza é caos movimento
é transfiguração

quando digo que deus é a natureza
estou lhe dizendo

tenha fé em si mana

deus é trans nb
deus é travesti

*

por duas noites seguidas sonho com uma criança deixada sob os meus cuidados

ela cai se machuca não consigo alcançá-la embora esteja eu ao lado dela grito e não há som apenas impotente pânico

ferida gravemente a criança sangra torrente rubra carmim e acordada sigo perplexa espectadora de mim mesma ainda impotente fracasso do cuidado sentindo-me a mãe pródiga e a criança desamparada banhada em vermelho

permaneço uma pergunta sem resposta sigo um corpo impossível de respostas sem entender quando deixei de ser criança quando me tornei mãe de mim mesma e despercebida interditada como são as mães

fingi obrigada tamanho autovalor quando em verdade verdadeira sigo afundada na densa depressão pós-parto carregando nas cacundas uma culpa que sequer é minha e em nada saber-me desamorosa alivia o peso da dor vi galinhas adotarem capotes cachorras adotarem gatos ovelhas sem leite ainda novilhas em primeira cria rejeitarem seus cordeiros parindo trigêmeos deixando apenas o macho mamar assistindo às duas fêmeas raquíticas definharem até a morte

me vejo então travesti deixando o macho que cuidei e alimentei por tantos anos definhar apressada para não me ver ovelha mas galinha cadela a loba que alimentou amala e kamala em rota de redenção com a mãe que gostaria de ser maternal além de mim mesma

se antes sonho decepando os dedos do meu pé esquerdo como se me impedisse o caminhar como se urgente em sabotar meus próprios caminhos hoje acordada rogo para que eu aprenda a caminhar caindo e levantando para que enquanto mãe de mim mesma eu me ensine guie meus passos não me impeça de seguir sozinha mas me relembre que à frente sempre haverá uma pedra a me dizer como antes

pareces mulherzinha

então finjo um menino até onde suporto

pareces gay e finjo o hetero

finalmente dizem me querer gay quando sou pan

amanhã ainda me querem homem mas já hoje sou travesti

o que escrevo um rio de lágrimas mas chorar atesta que vivo sinto existo viver e sentir são duas grandiosas desobediências sigo desobediente

*

verborrágica sim

verborragia a hemorragia das palavras que correm sambando nas veias da língua

e prolixa demandosa demorada porque a minha vida foi o silêncio das que não eram autorizadas a falar ou se expressar em suas genuínas partituras vocais e corporais segurando por incontáveis dias a erupção dos dizeres à beira de um colapso gritos lágrimas

hoje quando quero e posso sou até hermética de raiva mesmo por birra ou vaidade a vaidade que me foi tomada mas tomei de volta reavendo gestos recontando segredos purificando encruzilhadas como forma de me ser inteiramente faltosa preenchendo lacunas com enxertos e excertos de meus interiores e exteriores viajando nua pelo meu corpo em chamas

*

eu não ansiava por ter meu corpo salvo pelo senhor

hoje bem sei que meu anseio é por me unir a ventura profana e tantas outras para matar o senhor

até que o mundo rogue à senhora de tudo

deyse
aquela que tem incontáveis nomes rostos lugares

aquela que corta ventos com sua espada-navalha que abre o mar com seu canto que traz a justiça em seu escudo aquela doce como o riacho aquela que gira no sortilégio aquela que se recusa a obedecer adão aquela que aborta pra sobreviver aquela que é teófaga incestuosa que come o pai o filho e o espírito santo

tantas

*

lembro-me das mariconas
lembro-me de que familiares me pediam para ser como elas casadas com filhos no sigilo com boys
não fui como pediam e nem serei mas elas permanecem lá
será que serei um dia maricona mas sem fingir
serei cona passada na casca do alho
maricona raposa
não não se engane
até lá investirei na boneca que já sou
que cortou as cordas do ventríloquo
quero escapar pelas beiradas pra ser uma boa matriarca
fumando de robe de cetim rodeada de gatas tomando licor de caju

*

a terapeuta
à sexta e bem sucedida tentativa me pergunta
se estaria eu projetando minha mãe nela
digo-lhe que não
apenas não pude confiar em confessar a ho-
mem algum
os meus segredos

*

na língua de jupyra
a gira
mulher fique viva
você ainda tem muito o que gerar neste inferno

acordo espremida entre as realidades-neuroses
urbanas mas um corrupião canta bem perto
no entanto vivo trernantonte ontem agora
sem hoje sem amanhã
neste instante inflamável
assumida louca sou
bruxa mediúnica existo e pulso
e a morte pode esperar

*

sigo assim perplexa frente à vida
tateando nos mínimos
buscando belezas
sustosencantos no inesperado
dos cotidianos
dos cotidianos
dos cotidianos
fazendo-me em asperezas
em toda alegre cegueira
inaudível contentamento
buscando o bom o belo onde não havia
onde pergunto
nunca há

outrora talvez
reconstituída
nunca em totalidades

morte
um mistério do deus

estou a deus dará
mas lúcida

*

deus criou a maquiagem e me deu o dom
de me emperiquitar e ficar bem garota

deus também é aquele cisco que cai no olho
e tão cedo não sai

deyse é um colírio
deyse é cegueira que amplia outros sentidos

*

volto a sonhar mas desta vez estou no limiar entre as dunas no meio dos morros mas não é familiar

caminho entre estranhos amedrontada me perco e não sei como chegar ao destino pretendido sequer lembro o destino mas sei que vou ao encontro de alguém que conheço cogito voltar mas não sei como retornar ao local de onde vim

orno-me de coragem e tento e mais uma vez me perco no caminho estranho e não há atalhos porque só existem quando um há uma estrada bifurcada mapeada no nosso imaginário

não sei mais se quero chegar ao local de partida ou ao destino antes pretendido desejo sair do labirinto que oscila entre morro e mangue morte e riso vertiginosos evito a todo custo falar com os estranhos ou pedir-lhes ajuda desconfio de todos desconfio de mim mesma quando penso um trajeto novo os gringos me apavoram tentam me seduzir querem sexo tocam minhas intimidades e fujo deles na fuga chego a uma barraca em estradas cavadas por carros que cortam os manguezais e espantam aruanãs barraca nativa de quem vende algo que a terra e a praia fornecem pra sustento da vida ali sou despida por uma mulher que como eu nunca colocou os olhos em paisagens europeias ela não me toca apenas joga minha alma pra fora do meu corpo

de seu assento me oferece suas vendas as quais recuso sem nada falar como quem foge sem sair do lugar ela nada diz e se comunica mesmo assim eu a entendo

ela me descobre sabe que facilmente transito entre os intrusos como se um deles fosse mas me descobriu nascida naquele lugar naquele mesmo lugar dela no momento em que nossos medos se abraçaram em nossos olhares cruzados

talvez eu a conheça mas nunca a vi tão jovem tão viva tão ciente do bem e do mal que habitam os mundos dentro e fora da gente em sua narina direita há algo como escuro pó ela aponta-a para mim fechando com um dedo a narina esquerda espirrando rapé em meu rosto a partir de então todo meu corpo se recompõe corro tonta mas não estou chapada é uma lombra que me revela todos os caminhos todos os mistérios caem e o medo se dissipa em minhas pegadas velozes até meu destino que vira outro sonho mas repleto de coragem

acordo outra já não sou mais a mesma de ontem e amanhã

*

pensar em voltar
voltar a ser uma pessoa discreta é
como se me convidassem a coreografar
uma nova morte

*

dizem que quando anuns cantam à noite é
presságio de que algo-alguém morre
dizem também que quando tomamos para nós
um novo nome o outro nome morre
mas dizem que quando se escapa da morte se
renasce em vida
dizem ainda que a extinção de um fonema é o
nascimento de uma nova palavra que garantirá
a sobrevivência de um mesmo significado
dizem

*

estar viva é dádiva
concessão de crua lucidez
mas também infortúnio

nada
absolutamente
permanece senão
as baratas os ratos e os segredos

*

um corte de papel no dedo
sobre o outro corte de papel
sobre outro
e outro
e outro
e outro

brasil é corte
cisão
falência múltipla
dos sonhos
um não ter sido
e cá eu sonho
respiro e anseio
a escarificação da alma
o impossível
desejando sonhando
inquieta
que nem hilda que nem as bixas
as utopias

*

do lado de cá coreografaremos vinganças
para honrar as que do lado de lá estão

firmaremos velas brancas pretas e vermelhas para
alumiar a ida delas e deles que foram suicidades

cujas vidas roubadas serão lembradas
cujas almas desconhecem o pecado
cujos olhos nos miram não de cima nem de baixo
mas de lado e de dentro
cujo som da voz permanece dissipado nas ondas
sonoras propagadas para sempre um dia recupe-
radas por físico-arqueólogos travestis e transmas-
culinos por meio de suas pesquisas na academia

e um dia criaremos um dispositivo que compilará
os segredos todos em mp3 e o mundo jamais se
esquecerá dos que por cá estiveram em carne e
sangue

matéria crua que não perecerá porque terá a vida
eterna

*

isto não é um poema
é mais
pode ser
um manifesto
um assassinato
um grito
um orgasmo
nunca um suicídio

isto é uma tentativa de matar internalizações
futuras
presentes
passadas
isto se escreveu antes do meu nascimento
e embora eu renasça todo dia
isto também é um poema
portanto é arma
sendo o verbo arma
quero eu matar algos

assassino tudo que for dinheiro
tudo que for deus-porco capital dólar
assassino tudo branco
europeu
estadunidense
tudo o que for macho
másculo
pecado e honroso

assassino a dependência
os ciúmes
assassino o agro
assassino o fálico
o cimento o asfalto nas ruas
o azulejo no estreito quintal da casa do cafona
ver incendiarem a bolsa de valores
wall street e o vale do silício

aniquilo a elite
o nazi o fasci
a guerra
o papa o padre o pastor
quero matar o português o euro
o muro da academia
o policial a pólis

a milícia
o homem do colarinho branco
e mato em mim
quero dizimar a monogamia
a dicotomia
a posse
o binário
derrubar o número dois
a privatização da vida
do bem
extinguir a obsolescência programada dos
corpos
dos produtos
do sexo e do amor

quero barrar o povoamento de marte
afundar o míssil
estancar a sangria do abate
proibir o desperdício
banir o estigma da erva
e o envenenamento do cigarro
quero a queda das fronteiras
estraçalhar os colonos
queimá-los
len

ta
mente
como queimaram a nós bruxas e queimam
caçar o corrupto
proibir o genocida
dificultar venenos
pólvoras revólveres
petróleos
e energias nucleares

se eu matar o homem em mim
será que mato tudo isso
se eu abrir meus orifícios
para a poesia penetrar
toda desgraça será repensada

a poesia só mata
o que não serve pra nada
a poesia mata a morte
fecunda vida
paz

a poesia vinga

*

algo que não é apenas o que sou me habita e me é

quem é e de onde vem essa anônima coisa não tenho ideia

finge que não me escuta pelo conforto de hospedar-se em mim

teme que eu inicie um apocalipse neste corpo

como se chama o ato de destruir uma introjeção imposta

será que seria assassinato

não

seria como um reflorestamento após criminosa queimada

*

o caos permanece
                como um sinal de que toda ordem
é artifício

*

escrevemos
e quando escrevemos é como encontro
um encontro de asteroides transviados em
rota de
colisão com este mundo

*

mas escondida em mistérios a lua nova me en-
che me eleva
como as marés altas
e ainda que eu não seja notada sei que existo e
lá ou aqui estou invisível presença
que nem um amor que nem uma tristeza
que nem fria brisa de vento afagando o rosto
numa
noite quente de novembro

recrio-me na sombra

*

e mãe
não lhes perdoe
pois eles também sabem o que fazem

Anum Costa

nasceu em 1991 em Mangue Seco, zona rural de Jijoca, Ceará, e mudou-se em 2009 para Fortaleza, onde mora. É poeta transvestigênere, desenhista, produtora cultural, revisora de textos e pesquisadora das literaturas contemporâneas. Publicou em coletâneas de poesia e crônicas, além de facilitar oficinas/palestras sobre literatura, dissidências poéticas e escritas cuír. Em 2022, foi finalista do Prêmio Caio Fernando Abreu de literatura. *contato: costa.anum@gmail.com*

FOTO: ERLANES COSTA

HECATOMBE

[EDIÇÃO]
debora ribeiro rendelli
[REVISÃO]
juliana palermo
[DIAGRAMAÇÃO]
victor h. azevedo
[PROJETO GRÁFICO E CAPA]
wladimir vaz
[COORDENAÇÃO GRÁFICA]
tiago fabris rendelli

dados internacionais de catalogação na publicação (CIP) de acordo com ISBD

costa, anum
C842c camboa: poesia e outros mistérios / anum costa. - cotia : hecatombe, 2023. 164 p. ; 11,5cm x 18cm. – (pajubá)

ISBN: 978-65-87938-90-5

1. literatura brasileira. 2. poesia. I. título. II. série.

2023-1375 CDD 869.1
CDU 821.134.3(81)-1

elaborado por odilio hilario moreira junior - CRB-8/9949

■ primeira edição
■ junho de 2023